Rüdiger Schneider

Samba! Maria

Personen und Handlung sind frei erfunden, Ähnlichkeiten oder gar Übereinstimmungen mit Namen rein zufällig.

Rüdiger Schneider

Samba! Maria

Erzählung

Bibliografische Information der Deutschen
Nationalbibliothek: Die Deutsche
Nationalbibliothek verzeichnet diese Publikation in
der Deutschen Nationalbibliografie; detaillierte
bibliografische Daten sind im Internet über
http://dnb.d-nb.de abrufbar.

Verlag: BoD · Books on Demand GmbH,
Überseering 33, 22297 Hamburg, bod@bod.de
Druck: Libri Plureos GmbH, Friedensallee 273,
22763 Hamburg

ISBN: 978-3-8192-9477-8

1

Es war alles zusammengekommen. Seit acht Monaten war ich Witwer, und nur eine Woche nach der Bestattung gab es den Wasserschaden in der Wohnung über mir. Eine Wand in unserem, jetzt leider nur meinem Schlafzimmer, war feucht geworden. Nur wenig. Eine Bagatelle. Aber eine auf solche Schäden spezialisierte Firma zerlegte mir zusätzlich Küche und Bad, stellte Trocknungsgeräte auf, die wochenlang Tag und Nacht liefen, höllisch brummten und Hitze verbreiteten. Das Wasser, das sie sammelten, hatte ich täglich zu entsorgen. Ich konnte nicht kochen, nicht duschen. Das Pinkeln erledigte ich voller Missachtung vom Balkon aus in den Vorgarten. Für größere Geschäfte wanderte ich frühmorgens in den nahen Park. Sollte sich doch ruhig einer der Nachbarn beschweren und die Polizei kommen. Was würden sie sagen?

„Herr Schönbrunn, ihre Nachbarin im Haus nebenan hat sich beschwert. Sie verrichten ihr flüssiges Geschäft vom Balkon aus? Das geht nicht. Sie nimmt Anstoß daran. Das dürfen Sie nicht machen. Dazu gibt es eine Toilette."

„Ich habe keine. Das Bad ist wegen eines Wasserschadens abgebaut samt Toilettenschüssel. Seit acht Monaten. Kein Handwerker lässt sich blicken. Was soll ich machen?"

„Aber Herr Schönbrunn, so geht das aber nicht. Wir leben in einem zivilisierten Land. Ihre Personalien bitte."

„Robert Schönbrunn."

„Wohnhaft hier?"

„Hausend hier. Ich kann mir nicht für acht Monate ein Hotel leisten. Und ein Umzug in eine neue Wohnung ist mir zu stressig. Allein die ganze Ummelderei. In meinem Alter!""

„Ihr Geburtsdatum bitte!"

„5.3.1955."

„Sie sind also wie alt?"

„Ich glaube 70. Ich war aber immer schlecht in Mathematik."

„Auch im Alter sollte man sich benehmen können und man sollte sein Alter auch kennen", sagt die junge Polizistin, die ihren Kollegen begleitet, in einem belehrenden Ton. Und dann sieht sie mich streng an, fragt:

„Herr Schönbrunn, was machen Sie bei größeren Geschäften? Sie werden sich in

Ihrem Alter ja kaum auf das Geländer setzen."

„Ach", antworte ich. „Die größeren Geschäfte laufen regelmäßig. Ich esse auch nicht viel. Aber wenn es so weit ist, gehe ich frühmorgens in den kleinen Park nebenan und befreunde mich mit einem Baum. Wenn die Hunde das dürfen, darf ich es auch."

„Herr Schönbrunn, das ist doch kein Vergleich. Bei den Hunden ist jemand dabei und sammelt es auf. Haben Sie auch jemanden, der mitgeht?"

„Nein, ich bin alleinstehend."

„Sie wissen doch, dass das verboten ist."

„Alleinstehend. Verboten? Das ist ein Zustand, unter dem hier viele leiden."

„Das meine ich doch nicht. Ihr Geschäft im Park."

„Was soll ich machen? Mir ein Dixie-Häuschen kaufen und es im Wohnzimmer aufstellen?"

Die junge Frau, die kaum der Pubertät entkommen ist, schüttelt den Kopf. „Herr Schönbrunn, da müssen Sie was unternehmen! Zu der Anzeige wegen dem Balkon kommt noch eine dazu wegen eines Umweltvergehens. Das wird teuer."

„Na gut", lenke ich ein. „Ich werde mich bemühen. Aber es ist ein großes Problem, wenn man hier haust und seit acht Monaten kommt kein Handwerker, um wenigstens die sanitären Anlagen in Ordnung zu bringen. Im Zerlegen meiner Bude waren sie großartig. Aber jetzt sehe ich niemanden mehr."

„Und Ihr Vermieter? Er hat doch eine Fürsorgepflicht."

„Was soll er machen? Ich rufe ihn oft an und dränge auf die Sanierung. Aber da passiert nichts. Er sagt, er könne keine Handwerker aus dem Hut zaubern. Selber machen könne er es auch nicht. Er sei Schokoladenfabrikant. Ich habe es inzwischen auch aufgegeben, ihn immer wieder anzurufen."

„Und die Hausverwaltung?"

„Das Gleiche. Sie schieben es auf die Handwerker."

Der männliche Kollege schaltet sich ein. „Lene, das stimmt schon. Du weißt doch, dass immer mehr Handwerksbetriebe in die Insolvenz gehen. Der Rest wird mit der ganzen Arbeit nicht mehr fertig. An wie vielen stillgelegten Baustellen sind wir auf dem Weg hierhin vorbeigekommen!?" Er wendet sich an mich, ein wenig verständnisvoller wirkend. „Herr Schönbrunn, Sie müssen in dieser Angelegenheit, ich meine Ihre sanitären Bedürfnisse, wirklich etwas unternehmen. So geht es nicht."

Etwas frecher werdend frage ich: „Darf ich zu Ihnen auf die Wache kommen?"

„Wir sind keine öffentliche Anstalt. Wir haben andere Aufgaben."

So ist es bisher noch nicht passiert. Aber so stelle ich mir die Szene vor. „Können Sie mich nicht in den Knast stecken?" würde ich noch fragen. „Da ist es schöner."

„Nein", sagt die junge Polizistin, den Kopf schüttelnd. „Wegen so einem Delikt geht das nicht. Aber Sie werden eine Strafe zahlen müssen. Das schicken wir Ihnen zu."

Die Beiden gehen wieder und ich auf den Balkon. Als der Streifenwagen vor dem Haus weg ist, pinkel ich wieder nach unten. Wohin sonst? Ich gucke mich dabei in der Umgebung um, nenne sie die freudlose Straße. Sie ist tot. Nichts los. Kein Leben. Nur ab und zu geht jemand mit einem Hund vorbei. Dabei ist es kaum auszumachen, ob es sich um eine Frau oder einen Mann handelt. Meistens sehen sie gleich aus. Das Mietshaus, in dem ich wohne, liegt oben an einem Hang. Schaue ich über die Dächer der anderen Häuser, blicke ich auf den nahegelegenen Friedhof und mir kommt der Gedanke: Dauert nicht mehr lange. Daraufhin gieße ich mir einen Whisky ein. Den brauche ich zur Zeit schon morgens.

Das mit der Wohnung ist nicht das Schlimmste. Fast zeitgleich mit dem Wasserschaden und der Zerlegung der Bude bin ich verwitwet. Mir fehlt Hildegards Gesellschaft. Zu der persönlichen Krise kommen noch andere dazu, auf die ich keinen Einfluss habe. Man jagt den Bürger mit Ängsten und Sorgen. Europa rüstet auf. Vom diplomatischen Dialog scheinen sie keine Ahnung zu haben. Man umzingelt Russland nicht einfach mit Natostaaten. Jetzt haben sich die USA verabschiedet. Das kleine Europa steht alleine da und will mit viel Geld den starken Mann spielen. Diese Idioten sollten sich einmal die Bilder von Hiroshima und Nagasaki ansehen, als die Atombomben dort fielen.

2

Ich ertrage die Leere nicht, das Vakuum. Ohne Frau an meiner Seite geht nichts, geht es mir einfach schlecht. Das Schlafzimmer meide ich. Der Platz neben mir wäre leer. Ich schlafe im Wohnzimmer auf der Couch, lasse den Fernseher laufen, um menschliche Stimmen zu hören. Jeden Tag eine Flasche Whisky. Manchmal zwei. Die Zigaretten zünde ich mir eine an der anderen an. Ab und zu gehe ich auf den Balkon. Nicht nur zum Pinkeln. Es ist Ende Februar. Das Wetter ist so trüb wie meine Stimmung. Wann wird der Himmel wieder blau, die Temperatur sommerlich? Das dauert. Wenn ich so weitermache, bin ich ruiniert. Das Zittern der Hände wird dann nie mehr weggehen, der Gang unsicherer werden. Das Korsakoff-Syndrom.

So also geht es nicht weiter. Eine neue Frau finden? Wo denn? Wie denn? Ich melde mich im Internet bei einem deutschen Dating-Forum an. Hoffnungslos. Die Altersgrenze für die Männer, die sich ältere Damen wünschen, liegt bei 69. Darüber geht nichts mehr. Und all die Ansprüche, die sie an einen Mann stellen!

Er darf nichts trinken, nicht rauchen, muss sich vegan oder zumindest vegetarisch ernähren, soll mit beiden Beinen im Leben stehen. Ich stehe zur Zeit nur auf einem. Selten finde ich auf dieser Plattform etwas optisch Ansprechendes, Altersgemäßes. Da könnte ich mich gleich ins Pflegeheim verfrachten lassen. In einem Anflug der Verzweiflung melde ich mich auch bei einem internationalen Dating-Forum an. ‚Diamond-Dating'. Da kann man sich durch die Länder klicken. Ich wähle Brasilien. Als meinen Namen gebe ich im Profil statt Robert 'Roberto´ an. Das klingt besser. So ein bisschen nach Italien.

Brasilien! Olala! Wunderschöne Frauen. Feminin. Auf keinem der Fotos im Profil tragen sie Hosen. Lange, bunte Kleider. Und hier liegt die Altersgrenze bei 90. Da bin ich mit 70 noch weit drunter. Bei dem Foto, das ich hochlade, schummel ich. Es ist fünf Jahre alt. Da sitze ich lässig am Strand, die Glatze mit einer Baseballkappe verdeckt, lächle in die Kamera. An einem der Abende in diesem lausigen Februar habe ich das Profil für Brasilien hochgeladen. Zeitlich liegen die dort vier Stunden zurück. Als ich mich am Morgen auf der Website einlogge, habe ich sieben

‚Likes' und acht Nachrichten. „Olá Roberto, gosto do seu perfil. Eu gostaria de conhecer você.." - Hallo Roberto, dein Profil gefällt mir. Ich möchte dich kennenlernen. Die Übersetzung mache ich mit Hilfe von Google.

Die Damen sind zwischen 40 und 65 alt oder jung. Mulattinen, Negroide oder kaukasisch Weiße, wie es im Jargon der Profile heißt. Alle sind wunderschön, strahlen etwas stark Feminines aus. Vierzig Jahre? Das ist zu jung. Das würde mich erschöpfen. Aber was ist mit Maria, 54 Jahre, aus Rio de Janeiro? Das ginge doch. Sie hat mir ein ‚Like' geschickt, ein rotes Herzchen. 16 Jahre Differenz. Ein wunderschönes Foto. Zum Verlieben. Ein warmherziger, zugewandter Blick, ein leises Lächeln, ein langes, rotes, ornamentiertes Kleid. Die schwarzen Haare fallen in Locken weit über die Schulter. Die Lippen sind voll und sinnlich, die zärtlich blickenden Augen geheimnisvoll, nächtlich dunkel, die Haut ist braun wie Milchkaffee. Als Größe hat sie im Profil angegeben: 1.70. Als Beruf ‚Künstlerin'. Bei den Sprachkenntnissen steht ‚Englisch ein wenig' und ‚Portugiesisch perfekt'.

Ich kann kein Portugiesisch. Aber die Website von Google mit dem Übersetzer ist eine große Hilfe. So kann ich die Nachrichten ins Deutsche übertragen und antworten. Aber was ist, wenn man sich trifft und sich in einem Café gegenübersitzt? Stumm bleiben? Nein. Bei ‚amazon' bestelle ich mir ein Buch mit CDs. ‚Portugiesisch ganz leicht – Sprachkurs für Genießer'. Ob ich in meinem Alter überhaupt noch lernen, mir die Wörter und Sätze merken kann? Ich muss es versuchen.

Mit Hilfe von Google schreibe ich Maria zurück. „Eu gostaria de conhecer você também. Atenciosamente, Roberto." - Ich möchte dich auch gerne kennenlernen. Herzliche Grüße, Roberto.

3

Mit der Hoffnung auf Maria geht es mir etwas besser. Ich trinke nur noch eine Flasche Whisky an diesem Tag. Der Takt beim Rauchen wird langsamer. Ich werde mir in einer Drogerie Antifalten-Cremes und Peeling-Masken kaufen, damit ich nicht mehr so zerknittert aussehe.

Am Abend jubel ich. Sie hat geantwortet. „Lieber Roberto, du siehst nett aus. Ich möchte dich wirklich real kennenlernen. Meine Nummer bei WhatsApp ist …" Ein Herz als Emoji ist der Nachricht beigefügt und ein Kuss roter Lippen.

Verdammt, wie geht das? Telefonieren. Ich kann noch kein Portugiesisch, sie kaum Englisch. Deutsch sowieso nicht. Also zunächst nur schreiben, Fotos und Emojis schicken. Ich sende ihr ein pochendes Herz, in den nächsten Tagen Fotos von Blumen zum Gruß am Morgen, Bom dia!, und zur ‚guten Nacht'. Boa noite! Den deutschen Text lasse ich mir von Google übersetzen, tippe ihn ins Handy, verschicke ihn als WhatsApp. Im Laufe dieser Tage lernen wir uns besser kennen, schreiben uns Stationen aus dem Leben.

Ich werde fromm, bete: „Lieber Gott, gib mir eine neue Frau. Lass die Spirale, die mich abwärts führt, enden. Wozu hast du Eva erschaffen und den Beiden das Paradies gegeben!?"

Was soll ich auch anderes machen? Hier im Vakuum untergehen oder eine Alternative suchen? Wie gesagt: Ohne Frau an meiner Seite geht es mir einfach schlecht. Irgendwie bin ich bei meiner Geburt falsch abgenabelt worden und kann ohne Weib nicht leben.

Das Lernen der Sprache fällt mir schwer. Ich vergesse die Wörter, muss sie zwanzigmal am Tag wiederholen. Das erste Anzeichen einer beginnenden Demenz? Mag sein. Bei ‚amazon' bestelle ich mir einen Translator. Er hat Handygröße. Man kann ihn in die Tasche stecken und zu einem Treffen mitnehmen. Eine Notlösung. Man drückt auf die blaue Taste, spricht einen Satz auf Deutsch. Auf dem Display erscheint der Satz auf Portugiesisch und wird auch gesprochen. Dann drückt man auf den roten Knopf, hält das Gerät der Dame vor den Mund. Sie sagt etwas auf Portugiesisch, das ins Deutsche übertragen und gesprochen wird. Umständlich. Ja. Aber wie gesagt: Eine Notlösung. Besser als die totale Stummheit. Mit dem Translator kann man auch telefonieren. Es funktioniert. Nach ein paar Tagen rufe ich Maria an. Oh, ihre zärtliche Stimme, die etwas rauh und erotisch unterlegt ist!

„Kannst du nach Rio kommen?" fragt sie am Ende des Gesprächs. „Ich möchte dich gerne sehen, querido." ‚Querido' übersetzt das Maschinchen mit ‚Schatz‘ oder ‚Liebling‘. Wir tauschen Email-Adressen aus, schreiben längere Texte, stellen fest, dass wir dieselben Ziele haben. Bloß nicht alleine leben! Munter sein. Das Leben feiern. Mein Vater hat gesagt, schreibt sie, das Leben ist dazu da, um gelebt zu werden.

Immer wieder sehe ich mir Marias Porträts an, die fünf Fotos, die sie hochgeschaltet hat, fühle Sehnsucht und Schmetterlinge.

Dann bin ich so weit. Ich werde fliegen, buche für den 18. März einen Flug von Frankfurt nach Rio, mit Latam, der brasilianischen Gesellschaft, Zwischen-stopp in São Paulo. 450 Euro. Ein Blick auf meinen Kontostand sagt: „Das geht noch.“ In Rio buche ich ein Hotel. Das ‚Lancester‘. Es liegt direkt an der Copacabana. Ich gebe Maria die Daten durch. Um 8 Uhr am nächsten Morgen werde ich landen. Sie schreibt per WhatsApp zurück.

„Querido, ich hole dich am Flughafen ab. Ich habe viele Geschichten aus meinem Leben zu erzählen, ich denke, wenn du sie in ein Buch schreiben würdest, wären es sehr interessante Küsse.“

Ich überlege. Geschichten, die wie interessante Küsse sind. Wie meint sie das? Was meint sie? Will sie mir ihr aufregendes Liebesleben mitteilen? Oder ist es einfach nur eine Metapher für etwas Berührendes. Ich werde es herausfinden. Noch sieben Tage bis zum Abflug. Ich bin nervös, aber das Vakuum ist weg.

4

Emojis fliegen in diesen Tagen des Wartens hin und her. Küsschen, Herzchen. Und auch mit Musik werde ich versorgt. Brasil terra de samba. Ich habe Maria offen erzählt, dass ich Whisky saufe. Sie schreibt zurück, dieses Mal auf Englisch: „I want you to come here, to new air… the alcohol will gradually decrease. The unhappy person seeks unreal happiness in alcohol or other vices."

Es ist zehn Uhr am Abend, als ich das lese. Draußen ist es dunkel. Ein Grad und stark bewölkt. Mit dem vollen Whiskyglas trete ich auf den Balkon, pinkel hinunter und schütte den Whisky hinterher. Gegenüber dem Haus ist eine stillgelegte Baustelle. Ich gehe zurück ins Zimmer, greife die noch halbvolle Flasche, gehe wieder auf den Balkon, hole mit dem rechten Arm weit aus und schleuder die Flasche in hohem Bogen in die Baustelle, höre zersplitterndes Glas. Schluss, aus, nichts mehr. Ich will Maria sehen und Rio. Was soll ich hier in dieser freudlosen Straße!?

Manche Frauen haben mir erzählt: „Der Alkohol ist stärker als die Liebe."

Ich drehe jetzt die Geschichte um. Die Liebe ist stärker als der Alkohol.

Sonntag, 16. März 2025. Der Himmel ist am frühen Morgen hellblau. Es ist kalt. Nur ein oder zwei Grad. Ich gehe auf den Balkon. Am Himmel zieht ein Flugzeug einen weißen Streifen. Ach, Rio ist noch so weit weg! Fast 10 000 Kilometer. Ich erinnere mich an die Tat vom vorigen Abend. Das Wegschleudern der Whiskyflasche. Die Scherben sehe ich jetzt im Tageslicht auf dem Beton eines unvollendeten Kellerbodens. Als ich mir eine Zigarette anzünden will, zittert das Feuerzeug in der Hand. Jetzt doch bitte ein Glas mit der tröstenden Flüssigkeit! So leicht und so schnell lässt der Körper sich nicht betrügen. Das also ist Entzug. Ich fahre zur Tankstelle. Dann doch bitte etwas Leichteres. Ein paar Dosen Bitburger. Während der Fahrt steigt die Angst hoch, Rio nicht zu erreichen, Maria nicht zu erreichen. Ist der Entzug in den Armen einer Frau leichter? Ich weiß es nicht. Auf einmal weiß ich gar nichts mehr. Das Leben wird zum Rätsel. Geburt und Tod. Wozu das Ganze? Ist es letztlich nicht egal, ob man gesund lebt oder nicht? Das Leben endet in der totalen Pulverisierung. Für den Veganer wie für den Kettenraucher. Der Leichtathlet, der in seiner Jugend mühelos die Zweimeter-Marke über-sprungen hat, stolpert im Alter am Bordstein. Kommt da überhaupt noch etwas, wenn man im Todestiefschlaf liegt? Wer weiß das schon? Ich weiß es nicht. Sein – gewesen sein. Aber dennoch brennt die Sehnsucht in mir, Maria zu erreichen. Und wenn es nur eine Minute ist, ein dankbares Lächeln. Man kann sich ein Leben nach dem Tod wünschen. Ob es stimmt? Wenn die christliche Vorstellung vom Jüngsten Gericht zutrifft, habe ich schlechte Karten. Ich habe Raubbau am Körper betrieben, Frauen betrogen, bin immer meinem Trieb gefolgt. Ein festes bürgerliches Gebäude zu errichten, ist mir nur scheinbar gelungen. Mit Hildegard als

Fassade. Es war gemütlich, aber langweilig. Ich hatte beim ‚Koblenzer Abendblatt' gearbeitet, war für das Feuilleton zuständig. Selten habe ich die Gelegenheit ausgelassen, mich mit einer neuen Voluntärin zu vergnügen. Bei solchen Veranstaltungen muss man lügen, Alibis erfinden. „Das Feuilleton ist noch nicht fertig", kommt als Entschuldigung. „Ich bin heute Abend später zu Hause." Das wirft Flecken auf die Seele, ist ungerecht. An diesem Sonntag bereue ich meine Vergehen. Maria hat etwas in mir verändert. Wieso hat sie ausgerechnet mich ausgewählt? Ich verstehe das nicht. Sie hatte mir am Anfang geschrieben: ‚Du bist etwas ganz Besonderes.' Ich sehe das nicht. Den Spiegel im Badezimmer würde ich am liebsten abhängen, wenn ich morgens in ein zerknittertes Gesicht sehe. Aber ich brauche ihn, damit ich mir beim Rasieren nicht in die Haut schneide. Wie kommt diese Frau dazu, mir so etwas zu schreiben? Die sieht doch so gut aus, dass sie sich vor Anfragen nicht retten kann. Bei unseren Mails und WhatApps wechseln wir zwischen den Sprachen. Deutsch, Portugiesisch, Englisch. „Nothing can be stronger than love", schreibt sie. Warum ich? Ich weiß es nicht, verstehe es nicht. Es sind schöne Sätze, die sie schreibt. ‚Love has always brought me back to life... I'm happy, love is my mainspring.'

Ich gebe ihr recht. Was sonst soll von Bedeutung sein!? Aber ist es auch nicht gerade die Liebe, die die größten Turbulenzen verursacht?

Acht Monate habe ich mich jetzt in der Andernacher Bruchbude aufgehalten. Kaum mit jemandem gesprochen. Nur der Kassiererin im Supermarkt ein schönes Wochenende gewünscht. Und auch an der Tankstelle kennt man mich. Aber da darf man nicht lange an der Kasse stehenbleiben und Dialoge führen. Und wird man beim Fernsehen zur ‚Tagesschau' begrüßt, ist es sinnlos, den Gruß zu erwidern.

5

Am 18. März, einem Dienstag, ist Abflug. Der Termin ist zufällig gut gewählt. Um acht Uhr morgens klingelt es. Ein Handwerker, der die Fliesen in Bad und Küche anbringen will. Es scheint also loszugehen mit der Sanierung. Ich biete ihm eine Tasse Kaffee an, sage, dass ich zum Bahnhof muss. Er fährt mich dorthin. Unterwegs sagt er: „Ich werde Deutschland verlassen, will zurück nach Kroatien. Hier wird es ja immer schlimmer." Als ich ihm erzähle, dass ich nach Rio fliege und wenn möglich bleiben will, meint er: „Das machen Sie richtig."

Ich nehme einen sehr fühen Zug, den RB 26 nach Ingelheim, steige dort um in den RE 3 zum Frankfurter Flughafen. Um halb zwei bin ich da.. Noch vier Stunden bis zum Check-In. Ich hatte Angst, den Flug zu verpassen. Und vor allem hatte ich kein Vertrauen in die Deutsche Bahn. Wäre der Zug nicht gekommen, ich hätte ein Taxi nach Frankfurt genommen.

Ich habe nur einen kleinen Rucksack dabei, will keinen großen Koffer schleppen oder auf Rädern hinter mir herziehen. Und in Rio will ich nicht lange am Gepäckband stehen, während Maria draußen am Ausgang wartet. Da wir uns real noch nicht gesehen haben, haben wir Erkennungszeichen verabredet. Ich mit dem blauen Rucksack und einer blauen Mütze. Sie mit einem schwarzen Hut.

Zwei Stunden lang wandere ich abwechselnd von der Halle nach draußen und wieder in die Halle hinein. Draußen zünde ich mir eine Zigarette an. Den Blick auf Taxis und Betonmauern verdränge ich mit den Bildern von Rio, die mir Maria geschickt hatte. Schließlich gehe ich endgültig in die Abflughalle, setze mich in ein Bistro. Auf den Regalen hinter der Theke entdecke ich die Whiskyflaschen. Ach, wäre das schön! Nur ein Gläschen. Und dann vielleicht noch eins.

Ich bestelle mir einen Kaffee, schreibe eine WhatsApp an Maria. Mit dem Emoji einer sich öffnenden, entfaltenden Rosenblüte.

„Meu coração se abre para você como esta rosa. Obrigado por entrar em minha vida!" - Mein Herz öffnet sich dir wie diese Rose. Danke, dass du in mein Leben gekommen bist.

Nur ein paar Minuten später kommt die Antwort: „Obrigada, meu romântico Roberto!" Und dann schreibt sie noch, dass Rio an diesem Tag 29 Grad hat und es regnet, aber dass es ab Morgen viel Sonne gibt.

Meine Antwort ist: „Schön. Dann habe ich zweimal Sonne. Die am Himmel und die in meinem Arm."

6

Endlich der Check-In. Bei der Buchung im Internet hatte ich mir den letzten Platz ganz hinten im Flieger ausgesucht. 51 C. Ein Geheimtipp, fast so gut wie ein Sitz in der ersten Klasse. Es gibt Beinfreiheit, vom Servicewägelchen, das von hinten aus der Galley, der Bordküche, kommt, wird man als erster bedient, zur Toilette sind es nur drei Meter. Im Dutyfree-Laden war ich sinnend vor dem Regal mit den Whiskyflaschen stehen geblieben. Soll ich, soll ich nicht? Ich beließ es bei zwei kleinen Flaschen Weißwein. Das war gegen die Flugangst. Eine so lange Strecke war ich noch nie geflogen. 9538 Kilometer, an das andere Ende der Welt. Mit dem Schub der Turbinen, der Beschleunigung und dann dem Abheben vom Boden kommt die Erleichterung. Die Entscheidung ist gefallen. Aussteigen geht nicht mehr.

Maria hatte mir einen Spruch von Fernando Pessoa geschickt. "Tudo vale a pena. Se a alma não é pequena." – Alles ist wertvoll, wenn die Seele nicht zu beengt ist. Ich überlege: Kann man sich virtuell verlieben? Küsschen und Herzchen sind als Emojis rasch hin und her geschickt. Ebenso die Worte, die Sätze. Aber war da in den letzten Wochen nicht mehr entstanden? Die Telefonate, mit und ohne Video, die Emails mit dem Beschreiben biographischer Begebenheiten, die Literaturtipps, musikalische Empfehlungen, die man sich auf youtube-music anhören konnte. Toquinho zum Beispiel mit seinem 'Aquarela do Brasil', ein Hymnus mit wunderschönen Bildern eines schönen Landes. Oder auch Michel Teló mit seinem hinreißenden Partyhit 'If I catch you'. Auch Frank Sinatra mit dem Song 'The Girl from Ipanema' fehlte nicht. Und manchmal war es auch Reggae. Stick Figure mit 'Showdown'. "The world's a dream, you said to me. An endless sea, we're forever free. The world's a dream, you said to me. All we need's a little love."

Was die Videokonferenzen betraf, hatte ich Maria gebeten, eine Uhrzeit zu vereinbaren, so dass ich nicht allzu verlottert vor der Kamera saß. Ich zog ein frisches weißes Hemd an, hatte mich rasiert, was einen etwas jünger aussehen lässt und hatte den Whiskykonsum gedrosselt, um nicht zu lallen. Ja, man konnte sich auf diese Weise verlieben, ohne sich real begegnet zu sein. Maria trug bei diesen Videoübertragungen ein langes Kleid mit sonnigen karibischen Farben. Gelb und Rot. Dazu diesen kessen, schwarzen Hut. Einmal ließ sie in frecher Provokation Trauben in ihren Mund gleiten. Dabei konnte ich die Tattoos an ihrem Arm bewundern, Blüten, Blumen und auch Figuren, deren Bedeutung ich nicht verstand. Aber wie würde die Realität sein, die dreidimensionale Begegnung? Ich hatte keine Ahnung, fragte mich immer wieder: Was findet diese attraktive Frau an dir? An einem versoffenen, verlotterten Siebzigjährigen, der seit acht Monaten kaum das Haus verlassen hat und allein deswegen schon einen Defekt haben muss. Ein alter Mann, der der Sprachlosigkeit verfallen ist. Jemand, der in der Hölle der Isolation steckte und nur wach blieb mit dieser unbändigen Sehnsucht nach einem Weib. "Was um Himmels willen findet diese Frau an dir!?" fragte ich mich oft.

Wir hatten auch über unsere früheren Berufe erzählt. Maria ist wie ich im sogenannten Ruhestand. Mit 54 Jahren. "Wie das?" hatte ich gefragt. "So früh?"

"Ich war Pilotin."

"Wow!" hatte ich bewundernd gesagt.

"Nein, nein, ganz kleine Maschine. Cessna. Ich bin für den medizinischen Dienst am Amazonas geflogen. Die Siedlungen der Indianer erreicht man nur mit dem Flugzeug. Nun ja, mit 52 war eben Schluss."

Dass sie 54 ist, sieht man ihr nicht an. Man könnte sie auch auf 40 schätzen. Vielleicht sogar noch jünger. Bei mir ist das anders. Den Spiegel im Badezimmer möchte ich am liebsten abhängen. Aber ich brauche ihn eben zum Rasieren. Im Blindflug lässt sich die Klinge nicht führen. Nach Möglichkeit aber vermeide ich allzulange Blicke. Am liebsten würde ich sagen: „Seit ich keinen Spiegel mehr habe, habe ich auch keine Depressionen mehr."

Und jetzt fliege ich dieser Frau entgegen. Ein interkontinentales Rendezvous. Ein Abenteuer mit ungewissem Ausgang.

7

Manchmal war ich in Versuchung, alles abzusagen, Maria zu gestehen, ich bin ein versoffenes Schwein. Ich bin deswegen auch in therapeutischer Behandlung und in den Gesprächen mit meiner Psychologin hat sich herausgestellt, dass ich auch kein Interesse mehr am Sex habe. Da hilft auch kein Viagra. Für eine noch frische Frau, wie du es bist, bin ich unzumutbar. Und ich lasse auch nicht die Finger vom Whisky. Jede Therapie ist sinnlos. Ich muss dich vor mir schützen. Ich hätte dich gerne getroffen. Vor zehn Jahren oder vor zwanzig. Jetzt geht es nicht mehr. Wie hätte sie auf solch eine Mail reagiert? Vielleicht mit den Worten: "Habe Vertrauen! Ich mach dich wieder munter." Aber ich habe eine solche Mail nicht geschrieben. Ich habe es nur gedacht. Eine Art Flucht vor dem Weib. Die Angst vor dem femininen Tornado. Meine Neugierde auf Maria war stärker. Und so sitze ich nun über den Wolken in zehn Kilometern Höhe, fliege mit 890 km/h dieser Frau entgegen. Auf dem Display vor mir beobachte ich die Route über den Atlantik. Ab und zu spiele ich Schach. Wie rational sich doch die Dame auf dem Brett bewegen lässt! Da kann man alles vorhersehen und planen. Und geht die Dame durch einen unüberlegten Zug verloren, kann man ein neues Spiel beginnen. Im Leben sieht das verdammt anders aus. Da weiß man nie, was passiert. Jede Überraschung ist möglich. Geht die Dame im Leben verloren, ist sie erst einmal weg und eine neue ist nicht so schnell zu beschaffen. Vor allem nicht in meinem Alter. Insofern ist Maria ein Geschenk des Himmels, mit dem ich vorsichtig umzugehen habe. Bitte keine Rösselsprünge oder einen doppelten Rittberger mit launigen, unbedachten Mails, zu denen ich nach dem zweiten oder dritten Glas Whisky neige. Lass das Thema 'Sex' ganz aus dem Spiel, sage ich mir. Auch wenn sie einen dazu ermuntert, Fotos schickt in einem knapp sitzenden String-Tanga, der mehr zeigt als er verbirgt. Und auch manche Texte sind deutlich. "Köstlich, neben dir im Bett zu liegen!" Ich halte mich also zurück, will nicht übergriffig werden. Ab und zu schickt sie auch kurze, eindeutige Videos. Da vergnügt sich die Frau auf dem Mann, während er hingebungsvoll an ihrer Brust lutscht. Ich habe nichts gegen diese Filmchen. Sie amüsieren mich und wecken, das gebe ich zu, die Lust auf Maria.

Einmal hatte sie geschrieben: "Du kannst mir alles anvertrauen. Ich bin eine starke Frau, eine Cabocla, also mit indigenem Einschlag." Eine Cabocla, wie sie weiter erklärte, war die Mischung Europa mit Indianerblut. "Jetzt bin ich eine Carioca, eine Frau aus Rio."

Was das wohl zu bedeuten hat? Ich bin neugierig, schaue im Internet nach, gebe bei Google ein: Welche Eigenschaften hat eine Carioca? Sicher, das ist pauschal und muss bei Maria nicht stimmen. Oder doch? Ich finde: "Cariocas sind bekannt für ihre Freude und Feststimmung, ihre Freundlichkeit und ihre entspannte Art, das Leben zu sehen und zu leben. Sie legen Wert auf leichte, farbenfrohe und bequeme Stücke. Der Schleifenbikini, Havaianas und Blumendrucke sind einige der Ikonen der Rio-Mode. Carioca war und ist das ideale Vorbild einer Frau, die ein Leben mit Sinnlichkeit, Jugendlichkeit, Freude, Charme und Schönheit führt. Ertönt von irgendwoher Musik, fängt sie an zu tanzen. Liegt sie im Arm eines Mannes, ist sie eine schnurrende Katze. Aber aufgepasst! Wenn Ihnen Ihr Leben lieb ist, betrügen Sie sie niemals mit einer anderen Frau."

8

Mein Portugiesisch? Die zwanzig Lektionen des Sprachbuchs habe ich durch. Zweimal. Für einen Small-Talk könnte es reichen. Aber niemals werde ich in die feinen Verästelungen und Bedeutungen des Wortschatzes eindringen. Da bleibt Deutsch meine Muttersprache. Außerdem vergesse ich viel, muss andauernd wiederholen. Für tiefsinnigere Gespräche mit Maria muss der Translator herhalten. Das ist ein Handycap. Aber es geht nicht anders. Die Sprache ist auch Teil der Erotik. Ich liebe es, mit einer Frau abends zusammen zu sitzen, bei einem Glas Wein, und zu reden. Was danach passiert, darf ruhig sprachlos sein. Dann ist es eine andere Art der Kommunikation. Fast bin ich geneigt von Kommunion zu reden. Danach kann man sich wieder unterhalten, falls man nicht zu erschöpft ist. Auch liebe ich es, mich aus dem Arm der Frau zu lösen, eine Zigarette zu rauchen, mir ein Glas Whisky einzugießen. Den Frauen, meine Erfahrung von früher, gefiel das nicht unbedingt. Es sei denn, sie rauchten auch. Aber lange, sehr lange ist das her. Mit Hildegard ist die letzten zehn Jahre nichts mehr passiert. Ich weiß gar nicht, ob ich noch fähig zum Beischlaf bin. Das macht mich für die Begegnung in Rio ein wenig nervös, nachdem ich das über die Carioca gelesen habe. Bin ich noch sinnlich oder schon verknöchert und eingetrocknet? Die Monate der Isolation haben mich menschenscheu gemacht. Ich habe mich lieber zu Hause vergraben, statt eine Kneipe aufzusuchen. Ein stiller Trinker, der sich betäubt. Irgendwelche Aktivitäten lagen mir fern. Was auch? Den Rhein entlang radeln, dem Schützenverein beitreten, mich einer Wandergruppe anschließen, ehrenamtlich alte Menschen betreuen, der Volkshochschule 'DaF' anbieten, Deutsch als Fremdsprache? Nichts von alledem. Ich war ein Sonderling geworden, lethargisch, konnte mich noch nicht einmal dazu aufraffen, ein Buch in die Hand zu nehmen. Die Flasche war mir lieber. Dass ich in Frankfurt das Gate B48 gefunden habe, um in die Maschine von Latam zu steigen, wundert mich. Acht Monate Isolation und Kontaktarmut verändern einen Menschen. Und wenn man dann noch in einer Bruchbude haust, ist es besonders schlimm. Wenigstens hatte mich der Kontakt mit Maria einigermaßen am Leben gehalten. Mein Gesicht war auch schmal geworden. Das gelegentliche Dosenfutter war nicht besonders bekömmlich. Da fehlte Hildegard. Die hatte immer gut gekocht, während mir das Einkaufen oblag. Nein, ohne Frau zu leben, war der größte Mist, der einem Mann passieren konnte. Aber jetzt eine schöne, quirlige Carioca? Ob das gut geht? Sie will mich am Flughafen in Rio abholen. Wir werden dann mit dem Taxi zu dem Hotel fahren, das ich gebucht habe. Es ist das ‚Rio Lancester' direkt an der Copacabana. Eine Weile wird sie neben mir auf dem Rücksitz bleiben, mich mustern, begutachten und dann dem Taxifahrer sagen: "Halten Sie bitte und lassen Sie mich aussteigen. Mit diesem komischen Alemão will ich nichts zu tun haben."

9

Maria hat einen Hund, einen Mops. Sie liebt ihn und nennt ihn einfach nur 'Dog', manchmal auch 'Doggy'. Bei unseren Videokonferenzen hat sie ihn auf dem

Arm und streichelt ihn. Kann sein, dass sie wegen dem Mops auch mich liebt. Mit meinem faltenreichen Gesicht sehe ich dem Hund ähnlich. Auch kann ich melancholisch gucken wie ein Mops. Einmal, während einer dieser Video-übertragungen, trägt sie den Mops auf dem rechten Arm, streift sich mit der linken Hand die Halter ihres Kleides von der Schulter. Zwei wunderschön geformte, feste Brüste werden sichtbar, groß und schwer wie eine reife Mango, und der Mops beginnt an einer zu lecken. Maria lacht, streckt mir die Zunge raus, als wollte sie sagen: "Doggy darf das, du nicht." Ich lächle gequält, möchte eigentlich sagen: "Ach, lass mich doch auch!" verkneife mir aber diesen Kommentar. Doch die Szene erregt mich. Das Spiel der Hormone ist noch lange nicht vorbei. Ich blicke auf eine verührerische Venus, wie Michelangelo sie nicht hätte besser malen können. Sie setzt Doggy auf den Boden, streift sich die Halter des Kleides wieder über die Schulter, lacht und sagt: "Desculpe, foi uma piada." – Entschuldigung, das war ein Scherz. Weibliche Brüste entfachen in mir ein begehrliches Feuer. Ich möchte meinen Kopf dazwischen legen und ausruhen, und so wundert es mich nicht, dass ich in der darauf folgenden Nacht von Marias Brüsten träume.

Manchmal schickte sie mir auch Videoclips, mit einem Song unterlegt. "Hold me close and hold me tight!" Herzchen schweben wie Seifenblasen von unten nach oben. Maria räkelt sich in einem langen roten Kleid an einem Geländer, den Kopf in den Nacken gelegt. Eine verführerische Pose.

Am eindeutigsten aber sind die Miniaturclips, auf denen die Frau hingebungsvoll auf dem Mann hin- und herrutscht, während er an ihren Brüsten lutscht.

Warum auch nicht, denke ich bei diesen Miniaturen. Sie kommen erst, nachdem wir schon wochenlang miteinander bekannt sind. Warum soll sie mir nicht zu verstehen geben, was sie will!? Vielleicht ist es aber auch nur ein frivoles Spiel. Mir gefällt es und es trägt maßgeblich dazu bei, den Flug nach Rio zu buchen. Sie macht ja nichts anderes, als einem natürlichen Wunsch Ausdruck zu verleihen. Und ich habe auch nichts anderes im Kopf, als darauf einzugehen. Was dann sonst noch passiert, wird sich zeigen. Ob das typisch ist für eine Carioca, weiß ich nicht. Aber es ist eben typisch für Maria. Sie ist erotisch verspielt. Ich mag das und bin der Allerletzte, der einen moralischen Zeigefinger erhebt. Und ehrlicherweise denke ich auch an nichts anderes. Nach acht Monaten in meiner Bruchbude bin ich ausgehungert und stelle mir nichts Schöneres vor, als endlich wieder eine Frau im Arm zu haben.

10

Während des Nachtflugs über den Atlantik nehme ich ab und zu einen Schluck Wein. Die Nachbarin auf dem Sitz neben mir hat sich die Decke über den Kopf gezogen und schläft. Der Flug ist ruhig, keine Turbulenzen. Ab und zu werfe ich einen Blick aus dem Fenster und sehe ein Firmament, das voller Sterne ist. Ich denke an die Szene mit dem Mops, lächel und komme zu dem Ergebnis, dass sie keineswegs bedeutet: "Doggy darf das, du nicht!" Eher war es so: "Löse in Rio bitte den Mops ab!" Maria ist keine laszive Carioca, sondern eine gebildete Frau, die sich Humor und Natürlichkeit bewahrt hat. Sie hat auch keinen Strichmund, wie man ihn bei den Emanzen und Feministinnen meines Landes oft findet. Marias Lippen sind voll und sinnlich und herausfordernd. Die Szene mit dem Mops war speziell für mich. Wir waren da schon seit Wochen miteinander vertraut und Maria hatte das Wunder vollbracht, dass ich nach acht Monaten endlich wieder ein Buch in die Hand nahm und nicht nur das Etikett auf der Whiskyflasche las. Mein Einstieg in die brasilianische Literatur begann mit João Guimarães Rosa und der Erzählung 'A Terceira Margem do Rio' – Das dritte Ufer des Flusses. Als Maria mir den Titel nannte, sagte ich in meiner Blödheit: "Ein Fluss hat doch nur zwei Ufer!"

Sie hatte gelacht, gesagt: "Isso é realismo mágico!" – Das ist magischer Realismus. Und sie fügte hinzu: "Daran musst du dich in Rio gewöhnen."

"Nun gut", dachte ich, noch ehe ich die Erzählung in der deutschen Übersetzung gelesen hatte, "dann ist Maria mein drittes Ufer, mein magischer Realismus."

Wir erzählten uns auch, was wir in der Vergangenheit gemacht hatten. Maria hatte da mit ihren Amazonasflügen die spannenderen Geschichten. Gefährliche Konfrontationen mit Goldsuchern, die die Landebahnen bei den Indianersiedlungen zerstören wollten, anrührende Begegnungen mit den Indianern, die für die medizinische Hilfe dankbar waren. Was die Gegenwart betraf, hatte ich außer meiner Whiskyflasche nichts zu bieten, gab schonungslos zu, dass ich seit acht Monaten nur nutz- und kontaktlos herumhing und ging auch mit der Handykamera in der Wohnung spazieren, um Maria zu zeigen, in welcher Bruchbude ich hauste. Sie hatte ungläubig den Kopf geschüttelt und gesagt: "Komme so bald wie möglich nach Rio. So wie du kann man nicht leben." Und dann hat sie mir zum Trost den Link zu einem Song geschickt: Leonard Cohen – Dance me to the end of love.

Was Marias Gegenwart betrifft, ist sie kreativ, hat sich der Street Art verschrieben, verschönert hässliche Betonwände mit dekorativen Graffitis. Sie hat mir über WhatsApp die Fotos geschickt. Es sind meist soziale Motive, die in Bildern das friedliche Zusammenleben der unterschiedlichsten Hautfarben und

Rassen zeigen. Diese Toleranz ist genau das, was Brasilien so auszeichnet.

Das war der Tag, an dem ich Maria sagte: "Ich habe mich in dich verliebt." Und es war auch der Tag, an dem ich am Abend die Whiskyflasche auf den Betonboden der stillgelegten Baustelle schleuderte. Der Klang des zersplitternden Glases war wie ein heißer Reggae.

11

Meine Whiskyverfallenheit nimmt Maria gelassen und sogar mit Humor. "Doggy ist auch Alkoholiker", sagt sie. "In den Wassernapf muss ich ihm immer einen Schuss Cachaça hineintun. Sonst trinkt er nicht."

Cachaça ist ein brasilianischer Schnaps, hergestellt aus Zuckerrohrmost. Meist hat er einen Alkoholgehalt von 48%. "Dein Hund ist mir sympathisch", erkläre ich Maria. "Ja, ja", meint sie. "Er ist lieb und den ganzen Tag verpennt. Er bewegt sich nur, wenn ich mit der Cachaçaflasche komme. Weißt du, dass er mir die Brust geleckt hat, war ein Trick. Ich habe den Nippel mit Cachaça eingerieben."

"Wenn ich in Rio bin", antworte ich, "nimm bitte einen guten Whisky."

Marias Vorbild ist das 'Mural das etnias', das Wandgemälde der Ethnien. Es befindet sich in Rio, ist das größte Graffiti der Welt. Sein Motto ist: Todos somos um – Wir sind alle eins. 3000 Quadratmeter ist es groß, zeigt in bunten Farben die Porträts der verschiedenen Rassen. Maria ist da mit den Maßen ihrer Graffitis bescheidener. Sie wohnt im Stadtteil Botafogo, hat ein Haus in Hanglage mit Blick auf den Segelhafen und den Zuckerhut. Der Strand von Botafogo liegt in einer geschützten Bucht.

Als ich Maria erzähle, dass ich an der Copacabana ein Hotelzimmer gebucht habe, meint sie: "Du liebst es wohl dein Geld zu verschwenden. Mein Haus ist groß genug. Es hat zwei Etagen, sieben Zimmer, zwei Balkone, eine Terrasse und einen Garten mit Swimmingpool."

"Wir kennen uns doch noch nicht richtig", wende ich ein. "Wir treffen uns das erste Mal in Natura."

"Ich kenne dich besser als du glaubst", sagt sie.

"Es sind ja nur zwei Nächte, die ich gebucht habe", beschwichtige ich. „Doppelzimmer. Für dich mit."

"Seid ihr Alemãos alle solche Bedenkenträger?"

"Ja, sind wir. Leider. Aber im Ernst. Ich wollte einfach die Copacabana kennenlernen. Auch bei Nacht."

"In Botafogo ist genauso viel los. Wir haben zahlreiche Cafés, Bistros und Restaurants. Und am Strand dort hast du genau den Zuckerhut vor der Nase. Aber gut. Dann zunächst die Copacabana. Aber schau dir nicht die Augen aus dem Kopf nach den Mädels."

"Mein Blick gilt nur dir, querida."

12

Um unsere Gefühle zu zeigen, schreiben wir nicht nur kleine Texte, sondern schicken uns auch Links zu Songs, die man auf youtube.music hören kann. Seit dem Kontakt mit Maria war ich in eine euphorische Reggaephase gekommen. Der Offbeat-Rhythmus sagte mir zu, war auch ein Gegengift zu meiner freudlosen Straße. Nur zwei Tage vor meinem Abflug, es war ein Sonntag, der 16. März, hatte ich ihr den Link zu 'Smooth Sailing' geschickt, ein nettes, sehr melodisches Reggaestückchen.

"I'm gonna be smooth sailin. Sitting by the water till my worries drift away."

Um den Text mitzubekommen, musste man bei Google nur 'Lyrics' und den Titel des Songs eingeben. Zu 'Smooth Sailin' hatte ich noch die launische Nachricht verfasst: "Neben Tsunamis, Erdbeben, Tornados und Vulkanausbrüchen ist das Weib die fünfte Naturgewalt."

Maria schrieb zurück: "Ich bin sapiosexuell!"

"Um Himmels Willen!" dachte ich. "Was ist das denn?" Ich hatte dieses Wort noch nie gehört. Treibt sie es etwa doch mit ihrem Mops? Bekommt der deshalb zur Belohnung Cachaça? Sapiosexuell. Was ist das?

Ich machte mich bei Wikipedia kundig und fand:

'Sapiosexualität (aus lateinisch sapere ‚wissen' und Sexualität) bezeichnet die erotische Hingezogenheit zum Intellekt einer anderen Person. Der Begriff kann eine Präferenz für besonders intelligente Menschen ausdrücken. Es geht zumeist um eine Stimulation auf Basis der besonderen Denkart des anderen. Sapiosexuelle Personen werden gelegentlich auch als „Nymphobrainiacs" bezeichnet, was jedoch teils als extrem bzw. pathologisierend empfunden wird, aber auch sehr stimulierend sein kann.'

Aha! Ich besonders intelligent? Warum weiß ich nichts davon? Maria aber schien es so zu empfinden. Maria – ein hochintellektuelles Weib? Den Eindruck machte sie mir nicht. Ich schickte ihr drei Fragezeichen. Sie schrieb zurück: "Ein gutes Gespräch ist viel verführerischer und sogar aufregender als eine körperliche Eigenschaft."

Dazu schickte sie den Link zu einem Song. Wendy Shay – Sapiosexual.

"Oh my head, Oh my neck! Cause I fall for guys only in love when they get high sense. I'm a sapiosexual."

Ich schrieb zurück: "Ich gebe dir recht, dass ein gutes Gespräch erotisch sein kann. Ist es aber nur, wenn man sich liebt oder zumindest eine starke Sympathie empfindet. Ansonsten finde ich es aufregender, den weiblichen Körper zu erkunden. Insofern bezeichne ich mich als semi-sapiosexuell."

Als Belohnung für diese Nachricht flatterten mir zwei rote Herzchen auf's Handy. Dieses Weib, dachte ich, ist ein besonderes Kaliber. Eine intellektuelle

Brasilianerin. Pilotin, jetzt Graffiti-Künstlerin. Und verdammt attraktiv.

Ich schreibe ihr noch: „Ich liebe dich, aber du bringst mir gewaltige Turbulenzen."

„Welche Turbulenzen? Warum?" fragt sie.

„Die fünfte Naturgewalt!"

13

Am frühen Morgen, es ist noch dunkel, lande ich in São Paulo. Maria hatte mich gewarnt. "Pass bei diesem riesigen Flughafen auf. Du must vom internationalen Terminal 1 zu den nationalen Flügen nach Terminal 2. Das sind etwa drei oder sogar vier Kilometer zu Fuß. Sie veranschlagen dafür 40 Minuten."

Die Boardingkarte für den Flug nach Rio hatte man mir schon in Frankfurt gegeben. Ich muss also nicht noch einmal zum Check-In bei 'Latam'. Aber die Zeit ist verdammt knapp. Gut, dass ich nicht noch am Gepäckband warten muss. Also zunächst durch die Passkontrolle, dann beginnt der lange Marsch zum Terminal 2.

Ab und zu verlaufe ich mich, besonders dann, wenn der Weg mitten durch die Duty-Free-Shops führt. Dann suche ich wieder das Hinweisschild 'Terminal 2'. Ab und zu frage ich: "Bitte helfen Sie mir. Ich muss zum Terminal 2, Flug nach Rio." Jedesmal bekomme ich eine freundliche Hilfe und Auskunft. Aber der Weg ist wirklich verdammt weit und die Zeit wird immer knapper. Die Vorstellung peinigt mich, dass ich den Flug verpasse und Maria in Rio vergeblich wartet. Mein Mund wird trocken, der Schritt schneller. Aber ich habe keine Zeit, mir etwas zu trinken zu kaufen. Außerdem habe ich noch kein Geld gewechselt, habe keine Reais, die brasilianische Währung. Endlich bin ich an der Sicherheitskontrolle von Terminal 2. Wieder diese Prozedur. Jacke aus, ins Kästchen. Rucksack ins Kästchen, Gürtel aus den Hosenschlaufen ziehen, Taschen leeren, Uhr abstreifen, ab durch das Röntgenportal. Es piepst. Ich werde einem besonderen Check unterzogen. Ich werde abgetastet, der Rucksack wird durchsucht. Ich muss auch noch die Schuhe ausziehen. Die werden noch einmal am Röntgenauge vorbei geführt. Endlich darf ich weiter gehen. Wertvolle

Zeit ist verloren gegangen. Das Boarding wird schon begonnen haben. Zu welchem Gate muss ich eigentlich? Auf einer der Anzeigetafeln suche ich nach dem Rioflug, finde ihn aber nicht. Nirgendwo steht Rio de Janeiro. Ich frage wieder, bitte um Hilfe, werde aufgeklärt: "Das ist Galeão RJ, Gate 255." Wieder ein endloser Weg. Verwirrend durch die Duty-Free-Shops. Ab und zu verlaufe ich mich wieder, muss zurückgehen. Eins weiß ich: Nie mehr wieder Zwischenlandung in São Paulo. Wenn die Zeit knapp ist, gerät man hier in Panik. Das nächste Mal, falls es ein nächstes Mal gibt, fliege ich lieber mit den Portugiesen über Lissabon direkt nach Rio.

Endlich erreiche ich Gate 255. Das Boarding wird gerade beendet, aber sie lassen mich noch in die Maschine. Erschöpft falle ich in den Sitz 6C, schließe den Sicherheitsgurt. Der Flieger rollt zur Startbahn, dann die Beschleunigung, das Abheben. Ich freue mich auf ein Glas Wasser. Maria, ich komme. Ich habe es geschafft. Wahrscheinlich steht oder sitzt sie schon am Ausgang von Galeão RJ. Der Flug dauert eine Stunde.

"Es gibt nur einen Ausgang", hat sie gesagt. "Wir können uns nicht verpassen."

14

Landeanflug auf Rio. Unter mir die Bucht, der langgezogene Strandbogen der Copacabana, der majestätische Zuckerhut mit der Seilbahn, der Christus mit den ausgebreiteten Armen. Die Landebahn, das Aufsetzen der Reifen, ein Ruck, die Erde hat mich wieder. Die Maschine ist zehn Minuten früher gelandet als planmäßig, rollt zu irgendeinem Gate. Die Nummer muss ich mir dieses Mal nicht merken. Als der Flieger zum Stillstand kommt, löse ich den Gurt, stehe schon voller Ungeduld auf, hole den Rucksack aus der Gepäckablage. Dann endlich dürfen wir aussteigen. Ich schalte mein Smartphone ein, setze die Kopfhörer auf, höre mir im Gehen meinen Lieblingssong an. ‚Smooth Sailing'.

"I'm gonna be smooth sailin. Sitting by the water till my worries drift away."

Ich folge dem Schild 'Saida', Ausgang, suche unterwegs noch einen Erfrischungsraum auf, rasiere mich vor dem Spiegel. Die Augen sind etwas rötlich, müde von dem 20 Stunden-Trip. Die letzten Tage in Andernach hatte ich mich mit Antifaltencremes behandelt. 'Faltenfrei in drei Minuten!' So ein Quatsch! Ich sehe immer noch aus wie Marias Mops. Vor allem wegen der Tränensäcke, die gezeichnet sind vom Whisky, den Zigaretten und den verstrichenen Jahren. Ob sie Doggy mitgebracht hat? Oder ist der Arm jetzt für mich frei? An einer Wechselstube, Cambio, tausche ich 200 Euros gegen 1100 Reais.

Endlich der Ausgang. Ja, da sitzt sie. Der schwarze Hut. Sie steht auf, lächelt. Ich gehe auf sie zu. Wir umarmen uns. Für einen Moment lege ich meinen Kopf auf ihre Schulter, sage: "Endlich!"

Doggy hat sie bei einer Freundin gelassen. Hand in Hand gehen wir zu einem der gelben Taxis, setzen uns nebeneinander auf den Rücksitz. Von Anfang an ist Vertrautheit da. Maria trägt ein langes türkisfarbenes Kleid, an den Füßen weiße Sandaletten mit goldfarbenen Riemen. Wenn sie lacht oder den Kopf schüttelt, zeigen sich hinter der schwarzen Lockenpracht zwei große, kreisrunde Ohrringe. Sie hat sich die Sonnenbrille auf die Nasenspitze gezogen, mustert mich mit ihren schwarzen, lächelnden Augen. Liebevoll, warmherzig. Ich muss nicht befürchten, dass sie dem Taxifahrer die

Anweisung gibt: "Lassen Sie mich bitte aussteigen! Mit diesem Typ will ich nichts zu tun haben." Wir sprechen ein Kauderwelsch aus drei Sprachen. Deutsch, Englisch, Portugiesisch. Für anspruchsvollere Mitteilungen werde ich den Translator einsetzen. Aber so weit ist es noch nicht. Die Sapiosexualität hat noch Zeit.

Der Verkehr in Rio ist irre. Vor allem die Motorräder, die links und rechts an dem Taxi vorbeischießen. Ich möchte hier nicht fahren. Aber unser Taxidriver nimmt es gelassen. Er ist es gewohnt.

Nach einer halben Stunde sind wir am 'Rio Lancester' angekommen. "Ich habe die ganze Nacht nicht geschlafen", erzählt mir Maria. "Ich wusste nicht, ob du wirklich kommst."

Nach dem Check-In fahren wir mit dem Aufzug in den zweiten Stock. Das Zimmer liegt an der Strandseite, hat einen Balkon, von dem aus man über die ganze Bucht sieht. Wie lebendig und schön hier alles ist, denke ich. So ganz anders als in meiner freudlosen Straße. Es ist dreißig Grad, die Sonne knallt von einem blauen Himmel, die Rio-Bay entlang reihen sich die nach allen Seiten offenen, bunten Stände. Wir sitzen an einem Tisch auf dem Balkon. Ich rauche die erste Zigarette des Tages. Maria weiß das. Sie hat nichts dagegen. Es stört sei nicht. Über das Zimmertelefon bestelle ich in der Hotelbar zwei Caipirinha. Der Zimmerservice klopft an. Ich öffne, nehme das Tablett mit den zwei Gläsern entgegegen. Auf dem Balkon stoßen wir an. "Saúde!"

"Es ist schön, dass du gekommen bist", sagt Maria.

15

Ich erzähle von São Paulo, von meiner Sorge den Flug zu verpassen und der Vorstellung, dass sie vergeblich am Flughafen wartet. "Es hat mich in Panik versetzt", sage ich.

"Warum?" meint sie gleichmütig. "Wir hätten telefoniert und du hättest den Flug am Nachmittag genommen."

"Ja. Aber ich hatte ein Gefühl, als ginge es um mein Leben. Jetzt tun mir vom schnellen Gehen die Beine weh."

"Wir sind beide müde", sagt sie. "Wir legen uns jetzt auf das Bett, schlafen etwas. Später gehe ich zum Supermercado, kaufe etwas ein, auch für die Minibar, wir machen Picknick auf dem Balkon, und danach lernst du die Copacabana bei Nacht kennen. Einverstanden, querido?"

"Claro!"

Auf dem Bett liege ich in Marias Arm, lächle still vor mich hin, fühle mich so gut wie lange nicht mehr und bin bald eingeschlafen. Als ich wach werde, bin ich allein. Wo ist Maria? Ich schaue auf die Uhr. Halb drei. Ich habe vier Stunden geschlafen. Ich schaue auf dem Balkon nach. Da ist sie nicht. Habe ich meine Liebesgeschichte geträumt? Nein. Das war real. Gerade als ich sie anrufen will, öffnet sich die Tür. Mit zwei Tüten bepackt kommt Maria herein.

Sie packt aus. Sechs Dosen Bier, Marke 'Eisenbahn', eine Flasche chilenischen Rotwein, eine Flasche Weißwein, ein Chiabattabrot, Butter, Käse, Salami. Schön, denke ich, wenn jemand für dich einkaufen geht und dich versorgt. Und auch zwei Päckchen 'Winston" hat sie gekauft, gemerkt, dass meine Schachtel zur Neige ging. Ich will ihr das Geld für den Einkauf geben, aber sie schüttelt den Kopf. "Nein, nein, hier bist du mein Gast." Und dann fügt sie mit einem verschmitzten

Lächeln hinzu: "Den Whisky habe ich vergessen."

Vom Restaurant des Hotels hat sie sich ein Messer geben lassen. Die Bierdosen verschwinden zur Kühlung in der Minibar. Aus dem Bad kommt sie mit zwei Gläsern zurück, und so sitzen wir bald draußen auf dem Balkon, trinken Rotwein, futtern Ciabatta-Schnitten mit Salami und Käse. Ich habe einen Appetit wie lange nicht mehr und beginne fromm zu werden, lobe Gott für die schöne Aussicht, das leckere Essen und ganz besonders für das schöne Weib mir gegenüber. Wenn ich den Ausdruck 'Weib' benutze, ist es nie despektierlich gemeint, sondern als Elementarbegriff wie Sonne, Mond und Sterne. Die fünfte Naturgewalt eben. Mit dem Gendern habe ich es sowieso nicht. Das ist blöder Unfug. Erfunden von vertrockneten Emanzen.

"Maria, Querida, Saúde!"

16

Am Abend, als die Dämmerung beginnt, versinkt die Sonne goldrotgelb hinter einem Wolkenstreifen. In den

Bistros am Strand flammen die ersten Lichter auf und bunte Lampions beginnen zu leuchten. Wir fahren mit dem Lift nach unten zur Rezeption, verlassen das Hotel, überqueren eine Straße, setzen uns in ein Bistro, in dem eine Band Samba spielt. Am Strand, vor dem Bistro tanzen Paare zu der Musik. Wir setzen uns an einen Tisch am Rand des Sandes. Maria bestellt für sich Caipirinha, ich mir eine Flasche Corona-Bier.

"Keine scharfen Sachen mehr", sage ich. "Jedenfalls, was die Getränke betrifft. Bier und Wein sind okay. Der Whisky und ähnliche Spirituosen sind out."

Ich höre der Musik zu, nehme den Rhythmus auf, beobachte die Bewegungen der tanzenden Paare. Ob das stilechter Samba ist, weiß ich nicht. Ich fühle mich dem Leben wieder zugehörig, streife meine Schuhe ab, ziehe die Strümpfe aus, fasse Marias Hand und sage: "Samba, Maria! Lass uns tanzen!"

Sie lächelt, zieht die Sandaletten von den Füßen und dann tanzen wir barfuß im Sand. Ob unsere Bewegungen wirklich Samba sind, weiß ich nicht. Ich halte Maria fest umschlungen, bewege mich mit ihr im Rhythmus der Songs. Sie lächelt über meine linkischen Bewegungen. Ich bin kein besonders guter Tänzer. Eigentlich will ich Maria nur nahe sein, sie spüren. Nach einer Viertelstunde machen Band und Sängerin eine Pause. Wir setzen uns wieder, bestellen noch einmal. Für mich eine große Flasche Corona, Maria steigt auf chilenischen Weißwein um. So gut es geht, erzählen wir uns Episoden aus unserem Leben. Maria hat wegen der Fliegerei die spannenderen Geschichten. Darunter auch eine tragische. Sie war mit einem Arzt verheiratet. Bei einem der Flüge zu einem Indianerdorf sind sie von einer Goldgräberbande überfallen worden. "Sie nennen diese Überfälle 'Affengrillen'", sagt Maria. "Das Dorf wurde niedergebrannt, mein Mann erschossen, mich haben sie für vier Wochen als Geisel genommen, bis mich die FUNAI gegen ein Lösegeld freigekauft hat. Die FUNAI ist eine Organisation zum Schutz indigener Völker."

Sie macht eine Pause, sagt dann: "Eigentlich möchte ich gar nicht davon erzählen. Es verdirbt einen schönen Abend. Aber so war es. Es gehört zu meinem Leben dazu. Da war ich 48 Jahre alt. Seitdem habe ich alleine gelebt, bin keine Verbindung mehr eingegangen."

Sie lächelt jetzt wieder, fügt nach ein paar Wimpernschlägen hinzu: "Bis ich eben dein Foto im Internet gesehen habe. Irgendwie hat es mich angesprochen. Genau erklären kann ich es nicht."

Sie nimmt meine Hand, drückt sie. "Ich muss es ja auch nicht erklären. Esso isso!" – Es ist so.

17

Gegen Zehn hört die Band auf zu spielen, die Stimme der Sängerin verstummt, der Strand leert sich. Wir gehen barfuß Hand in Hand am Wasser entlang. In zwei Tagen, am 21. März, ist der Welttag der Poesie. So hatte ich es in den Nachrichten, die immer wieder auf meinem Smartphone erschienen, gelesen. Ernst Stadlers Gedicht 'Vorfrühling' fällt mir ein. Ich kann es auswendig und denke an die Zeile: "In meinem Herzen lag ein Stürmen wie von aufgerollten Fahnen." Wie schön, mit der geliebten Frau hier zu gehen!

Der Himmel hat sich zugezogen. Die ersten Regentropfen fallen. Wir erreichen eine Station der Strandwacht. Die Hütte steht auf hohen Stelzen, so dass man dort unter dem Boden Schutz finden kann. Wir setzen uns in den Sand, küssen uns. Maria streift die Träger ihres Kleides ab, sagt: "Den Whisky musst du dir denken."

Ich beginne ihre mangoreifen Brüste zu befühlen und lutsche schließlich wie ein Säugling daran. Dann zieht sie ihr Kleid ganz aus und den Slip. Als ich in ihr Feuchtgebiet eindringe, lächelt sie und sagt: "Willkommen zu Hause!"

"Dann möchte ich oft heimkehren in dieses Paradies", antworte ich und ergebe mich der Wollust und der Schönheit einer hinreißenden Carioca. Es ist ein Rausch des Glücks, der das Herz erweitert und die Nerven erregt.

Zurück im Hotel setzen wir uns noch auf den Balkon, leeren die Flasche Weißwein.

"Wie lange willst du bleiben?" fragt Maria.

"So lange es geht. Zunächst drei Monate. Dann muss ich raus und darf erst in drei Monaten wiederkommen. Seltsame Regelung. Aber das haben die Brasilianer von den Europäern übernommen. Darf ich denn so lange bei dir bleiben, bei dir wohnen?"

"Darf? Ich sperre dich ein, damit du mir nicht laufengehst." Sie lächelt dazu. "Nein, du bist natürlich frei. Bleibe, so lange du willst. Und wenn du zurück nach Deutschland fliegst, nimm mich mit. Dann sind wir nicht getrennt, und ich lerne dein Land kennen. Ich war bisher nur einmal in Europa, in Portugal, in Lissabon."

"Ja", sage ich. "Das ist gut. Du kommst mit. Und dann überlegen wir, wie ich die Residencia für Brasilien bekomme. Ich will nicht unbedingt in Deutschland bleiben. Ein selbstmörderisches Europa scheint mir in Kriegsvorbereitungen zu sein. Macron, der Franzose, hat vergessen, wie es Napoleon in Russland ergangen ist. Und die Deutschen haben die Erinnerungen an Stalingrad verdrängt. Diese Ignoranten wollen Russland mit der Nato umzingeln. Das kann nicht gutgehen. Aber der eigentliche Grund, warum ich bleiben möchte, bist du."

18

Weit nach Mitternacht finden wir endlich ins Bett. In Marias Armen schlafe ich durch bis um Elf am nächsten Morgen. Das erste Mal seit acht Monaten, dass ich diesen gesegneten Schlaf habe. Marias Erläuterungen zur Sapiosexualität stimmen überhaupt nicht. Sie ist eine schnurrende Katze. Diese Sapiosexualität ist intellektueller Blödsinn. Wir verpassen das Frühstücksbuffet, lassen uns aber den Kaffee aufs Zimmer bringen. Die Sonne steht über der Bay von Rio, legt eine glänzende Bahn auf das Wasser. Ich beobachte die Seilbahn, die den Zuckerhut hochfährt.

"Möchtest du auch dorthin?" fragt Maria.

Ich schüttel den Kopf. "Nein, von unten ist der genauso schön. Was soll ich da oben mit den Touristen!? Den Blick auf Rio habe ich vom Flugzeug aus gehabt. Mich interessieren mehr deine Graffitis. Der Zuckerhut ist nur ein Stein, der in die Höhe gewachsen ist. Sorry, wenn ich mich etwas despektierlich darüber äußere."

"Schon gut. Ich war auch noch nicht da oben. Was machen wir? Noch eine Nacht im Hotel? Wozu? Bei mir in Botafogo ist es gemütlicher. Wir haben da alles. Ich brauche keine Copacabana. Wir können auch im Garten tanzen. Ich bringe dir die richtigen Samba-Figuren bei, wenn du willst."

"Schön. Und danach den Sprung in den Pool."

"Check-Out also?"

"Claro. Ist egal, dass ich zwei Nächte bezahlt habe. Ich gehe gerne dahin, wo es schöner ist. Vor allem, wenn du dabei bist."

Von der Copacabana nach Botafogo sind es mit dem Taxi nur ein paar Minuten. Marias Haus liegt an einem nicht allzu hohen Hang an der Rua Muniz Barreto. Zum Strand von Botafogo sind es nur ein paar hundert Meter. Ich staune. Haus ist untertrieben. Es ist eine zweistöckige Villa, eine Residenz. Von der Terrase aus hat man einen wunderbaren Blick auf die Bucht, den Segelhafen und den Zuckerhut. Im Garten rund um den Pool Palmen und eine explodierende Blütenpracht. Hibiskus, Rosen, Bougainvillea. Stühle und Tische sind aufgestellt, als würde jeden Moment eine Party stattfinden. Neben dem Pool mit dem klaren, blauen Wasser ein Grill.

"Du wirst dich daran gewöhnen müssen", sagt Maria, "dass ich oft Besuch bekomme. Wir Brasilianer lieben die Geselligkeit."

"Wunderbar", antworte ich. "Nach acht Monaten deutscher Einsamkeit ist das genau richtig. Wir leben distanzierter, zurückgezogener. In drei Monaten wirst du es ja kennenlernen."

Sie führt mich durch das Haus. Sieben Zimmer, zwei Balkone. Edles, antikes Mobiliar. Drei Bäder. Unten in der Garage steht ein silberfarbener Mitsubishi-Jeep.

"Den kannst du auch fahren" sagt sie. "Sehr einfach. Automatik."

„Einfach? Ich kann mein linkes Bein nicht vergessen. Ich bin Kupplung und Gangschaltung gewöhnt. Und dann dieser irre Verkehr!"

"Ach was! Du gewöhnst dich daran. Etwas anderes, Querido. Wo möchtest du schlafen? Einzelzimmer oder bei mir?"

"Wo!?" Ich verdrehe die Augen. "Du hast mir schon intelligentere Fragen gestellt!"

19

Während des Rundgangs durch Haus und Garten habe ich meinen kleinen, blauen Rucksack noch nicht abgelegt. Maria wirft einen kritischen Blick darauf.

"Für drei Monate wird das nicht reichen", meint sie. "Wir werden ein paar Kleidungsstücke für dich kaufen. Hemden, Hosen, T-Shirts. Die Schuhe kannst du auch wechseln. Wir haben hier ein tropisches Klima. Welchen Stil bevorzugst du?"

Ich denke an Andernach, an meine Besuche bei Aldi und Rewe. Da rannten alle in Grau und Schwarz rum. Ziemlich unterschiedslos, egal ob Mann oder Frau. Rio hatte mir ganz andere Eindrücke vermittelt. Eine bunte Viefalt. Erfrischend, belebend für das Auge. Ja, welchen Stil soll ich bevorzugen? Ich antworte: "Bunt, Reggae, Jamaica. Weit und bequem."

"Dann fahren wir gleich zum ‚Botafogo Praia Shopping'. Das ist ein großes Einkaufszentrum. Da bekommen wir alles. Ich muss dort auch in den Supermarkt. Der Kühlschrank muss aufgefüllt werden. Ich lade für heute Abend ein paar

Freundinnen ein. Die sind neugierig, wollen den Alemâo kennenlernen."

Geht ja rasant los, denke ich. Kontrastprogramm nach den deutschen Monaten. "Schön!" antworte ich. "Sie sprechen Englisch? Ich möchte nicht stumm dabeisitzen. Mein Portugiesisch ist noch nicht so weit."

"Keine Sorge. Sie sprechen fließend Englisch. Du kannst hemmungslos flirten. Aber wehe, du machst das! Hier im Haus gibt es auch eine Waffenkammer."

Mit dem Jeep fahren wir zum ‚Praia Shopping'. Maria fährt sicher und gut, lässt sich nicht aus der Ruhe bringen durch die vorbeikurvenden Motoradfahrer. In dem riesigen, modernen Shopping-Center dämmert mir mal wieder, dass ich alte Vorstellungen über Brasilien mitgebracht habe. Die Verhältnisse haben sich umgekehrt. Deutschland ist Entwicklungsland, dritte Welt. Brasilien ist viel weiter. Verblüffend auch die Freundlichkeit, Herzlichkeit der Menschen. Dass Brasilien ein eigener Kontinent ist, fast so groß wie Europa hatte mir schon der Blick auf die Karte gezeigt. Hier kann man die Entfernungen wirklich nur mit dem Flugzeug zurücklegen. Es sei denn, man liebt einen tage- und nächtelangen Aufenthalt im Reisebus.

An einem Automaten in der Shopping Mail hebe ich Geld ab, will meine Kleidung natürlich selbst bezahlen, kaufe in einer der Boutiquen drei bunte Jamaica-Hemden, eine blaue und eine weiße Leinenhose und für die Füße zwei Paar Havaianas. Dann kommt der Gang durch einen riesigen Supermarkt. Ich schiebe das Wägelchen, Maria greift hemmungslos in die Regale, kauft ein.

"Ich werde heute einen Eintopf mit Meeresfrüchten machen, nach einem Rezept aus Bahia. Fisch, Shrimps, Zwiebeln, Paprika, Chilischoten, ein ganz besonderes Öl. ‚Mouqueca de camarão' heißt dieses Gericht. Meine Freundinnen lieben es. Sie heißen übrigens Miriam und Giovanna. Die Namen kannst du dir schon mal merken. Giovanna bringt Doggy mit."

20

Am späten Nachmittag üben wir neben dem Swimming-Pool Sambafiguren im Zweivierteltakt. Maria hat eine CD aufgelegt, die mit dem klassischen Song beginnt: 'Am Zuckerhut, am Zuckerhut, da geht's den Senoritas gut.' Ich lerne die schnellen Hüftbewegungen, das Vorwärts und Rückwärts des Beckens, das 'one a two' der Füße und das 'Slow-quick-quick' der Figuren wie zum Beispiel bei Batucada, Samba da Roda und der Frühlingsschraube. Maria ist eine geduldige Lehrerin, die mich mit fester Hand führt. Für eine erste Lektion reicht das. In den Sambaschulen Rios kann ich damit allerdings noch nicht auftreten. Als ich mir am Rand des Pools den Schweiß von der Stirn wische, lacht Maria. Ein Stoß und ich fliege ins Wasser. Es ist badewannenwarm. Sie springt hinterher, streift sich die Shorts ab. Ich ahne, was kommt. Ja, meinetwegen. Warum nicht? Dann vögeln wir eben am hellichten Tag im Wasser. Sieht ja niemand.

Als wir wieder separiert sind, begibt sich Maria in die Küche, um die Meeresfrüchte zuzubereiten. Zugucken darf ich nicht. "Das Rezept aus Bahia ist mein Geheimnis", sagt sie. "Aber ich zeige dir das Öl, das den besonderen Geschmack verleiht." Aus einem der Wandschränke holt sie eine kleine Flasche mit einer safrangelben Flüssigkeit. Auf dem Etikett lese ich ‚Aceite de Dendé'. „Speziell aus Bahia", erweitert Maria meine Kenntnis. Sie tropft mir etwas auf den Zeigefinger. Ich nehme es mit der Zunge auf, sage: "Oi, scharf, lecker, hat ein bisschen den Geschmack nach Koriander." Und dann entgleitet mir ein Kommentar, der völlig aus dem Zusammenhang gerissen ist: "Du bist gar nicht sapiosexuell. Ich auch nicht. Nicht der Kopf ist mein Paradies, sondern deine Pussy. Verzeihung!" Errötend stammel ich hinterher: "Man muss erst verloren gehen, um gefunden zu werden! Du hast mich wunderbar aufgenommen."

Gegen Sieben kommen die beiden Freundinnen. Die zierliche, lustige Miriam, kaukasisch weiß, und die hochgewachsene Giovanna mit einer dunklen Haut wie Zartbitterschokolade. Die Begrüßungen in Brasilien sind wunderschön. Vielleicht halte ich die beiden Frauen einen Moment zu lange im Arm. Aber hier beschwert sich niemand und es gibt kein Me-too-Verfahren. Miriam trägt ein langes, rotes Kleid. Giovanna kommt in einem hellen Taubenblau. Aber das schönste Kleid hat Maria angelegt. Lang und fließend, sonnenblumengelb, rot und blau, aus zartem Chiffon.

Giovanna trägt Doggy auf dem Arm. Als der Mops mich sieht, legt er den Kopf schief und mustert mich. Ein neues Gesicht im Haus. Ich begrüße Doggy mit den Worten: „Hallo Brüderchen!" Giovanna sagt: „Er hat noch kein Cachaça bekommen. Er ist unruhig." Sie setzt den Hund auf den Wohnzimmerboden. Maria kommt mit einem Napf voller Wasser und mit einer halbvollen Flasche Cachaça, gießt einen Schluck von der Spirituose in den Napf. In Doggy kommt Bewegung. Auf seinen kurzen Beinen wackelt er zu seinem Getränk, schlürft, säuft. Dann begibt er sich in eine Ecke des Zimmers, wo ihm Maria eine Decke hingelegt hat, und schläft.

Nach der Moqueca, die vorzüglich schmeckte, setzen wir uns auf die Terrasse. Maria legt eine CD mit Samba-Musik auf, grinst, sagt zu mir: „Jetzt zeige, was ich dir beigebracht habe! Zu diesem Song kann man gut tanzen. Quinteto. Nao deixe o samba morrer. Lass den Samba nicht sterben."

Ich beginne mit Miriam. Leicht wie ein Schmetterling liegt sie mir im Arm. Die

Sambafiguren habe ich allerdings schon vergessen. Maria wiederholt den Song. Bei der stolzen, hochgewachsenen Giovanna bekomme ich erotische Beklemmungen und gerate völlig aus dem Takt. Aber die beiden Frauen loben mich, als sei ich frisch aus einer der Sambaschulen Rios gekommen.

Nach der Tanzvorführung sitzen wir lange bis weit in die Dunkelheit hinein auf der Terrasse. Bei Kerzenlicht und ein paar Flaschen Wein. 'Casa Silva'. 13,5 Umdrehungen. Wir sitzen neben einem Hibiskusbusch mit leuchtend roten Blüten. So gut es geht, erzählen wir uns Geschichten, lachen viel. Es ist ein lustiger Abend. In der Gesellschaft der drei Frauen fühle ich mich sauwohl. Nein, sapiosexuell bin ich nicht. Eher hätte ich eine Neigung zum Polyamourösen. Vor allem, wenn eine Frau schöner ist als die andere.

21

Am nächsten Tag fahre ich mit Maria in die Rua Raul Fernandes. Hier gibt es die Espaço Animania, eine sogenannte

Funktionshalle für alle möglichen Veranstaltungen.

"Das war mein letzter Auftrag" sagt sie. "Eine Innenwand des Saales ausmalen mit Graffitis in der Art des Wandgemäldes 'Mural das Etnias'."

Ich bewundere die gekonnten, naturalistisch wirkenden Porträts aller möglichen Rassen und Hautfarben, die so durch Ornamente miteinander verbunden sind, dass sie als harmonische Einheit wirken. Da gibt es Gesichter der indianischen Urbevölkerung, der Nachkommen afrikanischer Sklaven, der Europäer, die ausgewandert waren. Und auch die Japaner von São Paulo sind vertreten. Da lächelt die europäisch Weiße neben der milchkaffebraunen Cabocla und die dunkelbraune Mulattin neben einem indianischen Medzinmann. Es gibt alle möglichen Schattierungen der Hautfarben. Ein Ensemble der Eintracht und des Friedens, fernab von jedem Rassenwahn. Mir war das freundliche Miteinander der Hautfarben schon im Hotel aufgefallen, und mir scheint, dass Brasilien in dieser Hinsicht ein einzigartiges Vorbild für die Welt ist. Hinzu kommt jene freundliche Lässigkeit, die einen das überreizte Europa vergessen lässt. Man atmet auf, den erstickenden Problemen Europas entkommen zu sein. Ist nicht diese Harmonie der wichtigste Maßstab für Wert und Leistung einer Kultur, einer Zivilisation? Was hilft das Bruttosozialprodukt, wenn die Menschen unzufrieden sind und von permanenten Krisen in Schach gehalten werden? In der Rangordnung der Humanität steht Brasilien ganz weit oben, und in diesem Sinne ist Brasilien eins der liebenswertesten Länder der Welt.

"Eine schöne, sinnvolle Aufgabe", sage ich zu Maria, "die Wand des Saales so auszumalen. Wo hast du das gelernt?"

"Gelernt? Überhaupt nicht. Zeichnen und Malen war schon immer eine meiner Lieblingsbeschäftigungen. Jetzt eben mit Spraydosen. Über fehlende Aufträge kann ich mich nicht beklagen. Mal ist es eine fensterlose Hauswand, eine hässliche, schmucklose Mauer oder eine stillgelegte Fabrikhalle, die noch nicht abgerissen werden soll. An so etwas könntest du das auch eimal versuchen."

"Um Gottes Willen!" wehre ich ab. "Ich bin völlig untalentiert. Wenn ich einen Elefanten malen soll, kommt ein Frosch dabei raus. Nein, nein, wir haben im

Deutschen ein Sprichwort. 'Schuster, bleib bei deinem Leisten!' Das heißt: Man soll nichts tun, was man nicht kann. Und ich kann überhaupt nicht malen. Aber ich bin gerne dein Assistent und halte die Leiter, wenn du in der Höhe arbeiten musst."

Irgendetwas würde ich gerne tun und mich nicht nur in Marias Haus bedienen lassen. Ich sage ihr das und sie schlägt vor: "Du kannst dich um den Pool kümmern. Blätter rausfischen, den PH-Wert kontrollieren. Ist mit einer Farbskala ganz einfach. Er sollte bei 7,4 liegen. Hast du denn Ahnung von Chemie?"

"Ja", antworte ich. "War früher in der Schule eins meiner Lieblingsfächer. Den PH-Wert bekomme ich leicht in den Griff. Den reguliere ich dir, wie du willst."

So hatte ich also wenigstens eine kleine Aufgabe. Andere würden noch hinzukommen. Zum Beispiel zum Supermercado fahren. Zum Putzen, Wäsche besorgen und Kochen habe ich allerdings keine Lust. Das soll Marias Hoheitsgebiet bleiben. Ach ja, eins kommt noch hinzu. Maria schläft gerne lange. Wenn sie aufsteht, werde ich den Frühstückstisch gedeckt haben.

22

Mittwoch, Donnerstag, Freitag. Nach nur drei Tagen Brasilien sind die dumpf versoffenen Andernacher Monate vergessen. Als ich am Samstag mit Maria im Supermercado bin, bleibe ich vor dem Regal mit den Whiskyflaschen stehen, schaue mir die verführerische Flüssigkeit an. Igitt, wie kann man nur so etwas in sich hineinschütten!? Es ist eine Befreiung, als träte man aus einem dunklen Keller in das helle Tageslicht. Danke, Maria! Danke, Brasilien!

Am Samstagabend kommt ausnahmsweise kein Besuch. Wir sitzen neben dem Hibiskusstrauch auf der Terrasse. Der 'Casa Silva' schmeckt gut. Ein Viertelmond steht über der Bucht von Rio, gefolgt von einer strahlend hellen Venus. Neben den Gläsern und der Weinflasche liegen auch eine Tüte mit einem dunkelgrünen Kraut und zwei kleine Pfeifen auf dem Tisch. Und ein Grinder, mit dem man das Kraut pulverisiert.

"Hast du noch gar nicht entdeckt", sagt Maria. "Meine Pflänzchen im Winkel des Gartens, dort hinten an der Mauer."

Wir rauchen Cannabis. In dieser Beziehung war ich noch Jungfrau. Es ist das erste Mal, dass ich dieses Kraut probiere. Nach einem ersten Kratzen im Hals wird die Welt auf einmal leicht und lustig. Ohne besonderen Grund muss ich lachen. Wie schön doch alles ist! Der Mond, die Venus, die Bucht von Rio und diese himmlische Maria mit ihren Mangobrüsten und dem Paradies.

Jetzt kein Samba, sondern Reggae. Ich schalte das Smartphone ein. Youtube-music. Stick Figure mit 'Smokin' Love'.

"I wanna get high, I wanna get low. Come on, I wanna smoke a little spliff with you. Lord knows I'm not a fool, I'm just crazy for you. Smokin', smokin' love."

Anschließend planschen wir wie zwei junge, ausgelassene Delphine im warmen Wasser des Pools. Danach kommt die irrste Nummer, die ich je erlebt habe. Die Terrasse hat einen überdachten Vorbau mit wunderschönen, weiten, romanischen Bögen. In einen der Wandpfeiler ist ein stabiler Haken eingelassen, ein zweiter ist auf der gegenüber liegenden Seite. Maria geht ins Wohnzimmer, öffnet eine hölzerne Truhe, kommt mit einer Hängematte zurück, spannt sie in die

Haken. Ich klettere hinein. Es schaukelt angenehm. Jetzt bringt Maria das Kunststück fertig, klettert ebenfalls hinein, setzt sich auf mich. Die Hängematte hält, beginnt wilder zu schaukeln. Maria hat mich besiegt.

23

Natürlich füllten mich die kleinen Tätigkeiten nicht aus. Mich um den Pool zu kümmern, einkaufen zu fahren, Frühstück zu machen. Die erste Einkaufsfahrt mache ich mit dem Bus, um mir die Strecke einzuprägen, Als ich in Nähe des Supermarkts aussteige, sagt der Fahrer zu mir: „Ich wünsche Ihnen einen schönen Tag!" So etwas hatte ich in Deutschland noch nicht erlebt. Auf der Rückfahrt war es genauso. Ich wollte mit einem 50-Reais-Schein zahlen. Der Fahrer konnte nicht wechseln. „Setzen Sie sich neben mich!" sagte er. „Die kurze Strecke schaffen wir auch so."

Eins hatte ich noch zu erwähnen vergessen. Die Tankstelle. An einer kleinen Palme im Garten hängt eine durchsichtige Säule aus Plastik. Sie ist gefüllt mit

Zuckerwasser. Unten, rund um die Säule, läuft ein Ring mit künstlichen Blumen, die eine Bohrung nach innen zur Säule haben. Kolibris, diese türkis schillernden Juwelen Brasiliens, kommen, bleiben wie ein Hubschrauber mit schwirrenden Flügeln vor einer der Blumen stehen, stecken ihren langen, spitzen Schnabel in die Bohrung und trinken Zuckerwasser. Danach schießen sie wie eine Rakete davon. Die Säule muss täglich gefüllt und am Abend zugedeckt werden, damit die Fledermäuse in der Nacht nicht daran naschen können.

Die vier kleinen Aufgaben, die ich hatte, waren natürlich nicht genug, um sich nicht zu langweilen. Aber ich hatte immer noch Verbindungen zum Feuilleton des Koblenzer Abendblatts, hatte noch gelegentlich einen Artikel zugeschickt, den letzten allerdings vor neun Monaten. Maria hat mir ihr kleines Büro mit dem Computer zur Verfügung gestellt. Es liegt neben dem Wohnzimmer.

Ich schreibe an den Chefredakteur per Email: "Ich kann jetzt Goethes 'Italienische Reise' nachempfinden. Mein Rom heißt Rio de Janeiro und Goethes Frau Christiane ist bei mir Maria. Du kennst die Geschichte vielleicht. Dem Weimarer drückte damals der germanische Himmel gewaltig auf den Schädel und er ist bei Nacht und Nebel abgehauen und mit dem Namen Philipp Müller in einer römischen Malerkolonie untergetaucht. Dort hat er sich sehr wohl gefühlt und schöne amouröse Abenteuer gehabt. Das schönste wohl im Traum auf Szilien, in Taormina. Da hat er den Tag in einem Apfelsinenbaum verbracht und sich vorgestellt, in den Armen einer Prinzessin zu liegen. An den deutschen Schulen wird viel gelogen. Die lassen das einfach aus und installieren ihn als keuschen Klassiker."

"Woher willst du das wissen?" fragte der Chefredakteur zurück.

"Ein italienischer Literaturprofessor hat die Wirtshausrechnungen ausgegraben und auch die Ausgaben für Schmuck für gewisse Damen. Du kannst das nachprüfen. Roberto Zapperi: 'Una vita in incognito. Goethe a Roma (Nuova cultura)'. Und lies mal in den 'Venezianischen Epigrammen', was Goethe geschrieben hat! Hier eine kleine Auswahl:

'Tolle Zeiten hab' ich erlebt, und hab' nicht ermangelt, selbst auch thöricht zu seyn, wie es die Zeit mir gebot. Wonniglich ist's, die Geliebte verlangend im Arme zu halten, wenn ihr klopfendes Herz Liebe zuerst dir gesteht. Wundern kann es mich nicht daß unser Herr Christus mit Dirnen gern und mit Sündern gelebt, gehts mir doch eben auch so. Was ich am meisten besorge: Bettina wird immer geschickter, immer beweglicher wird jegliches Gliedchen an ihr; endlich bringt sie das Züngelchen noch ins zierliche Fötzchen.'

"Da staunst du, nicht wahr! Also, gib grünes Licht für meine Rio-Geschichte. Sie mag in Fortsetzungen erscheinen. Da hat euer Feuilleton ein Jahr lang was davon. Möge dir der Koblenzer Himmel nicht allzusehr auf den Schädel drücken! Du weißt, wir leben in kritischen Zeiten. Lese gerade in den brasilianischen Nachrichten: ‚UE diz ao público para guardar suprimentos de emergência para 72 horas' - Die EU fordert die Öffentlichkeit auf, Notvorräte für 72 Stunden anzuschaffen. Dazu als Foto das strenge Gesicht der EU-Präsidentin. Was wird da für eine ängstliche Stimmung produziert! Jetzt sammeln die Deutschen wie zu besten Coronazeiten wieder Klopapier. Nehmt euch ein Beispiel an Brasilien. Die lösen alle Probleme mit freundlicher Konzilianz."

Neben den vier kleinen Tätigkeiten in Botafogo machte ich mich also an die Arbeit. Es blieb auch noch genug Zeit für Maria. Und auch für das Lernen des Portugiesischen. Sicher, viele Vokabeln und Sätze vergesse ich immer wieder. Aber einen Satz nicht. Eu amo o Brasil! Ich liebe Brasilien. Und ganz besonders Maria.

www.ruediger-schneider.net